사또가 심부름꾼 아이에게 뺨을 맞았어요.
감히 심부름꾼 아이가 사또의 뺨을 때리다니요.
어떻게 그런 일이 일어날 수 있었을까요?

추천 감수_ 서대석
서울대학교와 동 대학원에서 구비문학을 전공하고 문학박사 학위를 받았습니다. 한국 구비문학회 회장과 한국고전문학회 회장을 지냈으며, 1984년부터 지금까지 서울대학교 인문대학 국어국문학과 교수로 재직 중입니다. 〈한국구비문학대계〉 1-2, 2-2, 2-6, 2-7, 4-3 등 5권을 펴냈으며, 쓴 책으로 〈구비문학 개설〉, 〈전통 구비문학과 근대 공연 예술〉, 〈한국의 신화〉, 〈군담소설의 구조와 배경〉 등이 있습니다.

추천 감수_ 임치균
서울대학교 대학원에서 고전소설 연구로 문학박사 학위를 받고 현재 한국학중앙연구원 한국학대학원 어문예술계열 교수로 재직 중입니다. 한국학중앙연구원에서 문헌과 해석 운영위원으로 활동하고 있으며, 고전소설의 대중화 방안을 연구하여 일반인들에게 널리 알리는 일에 앞장서고 있습니다. 쓴 책으로 〈조선조 대장편소설 연구〉, 〈한국 고전소설의 세계〉(공저), 〈검은 바람〉 등이 있습니다.

추천 감수_ 김기형
고려대학교와 동 대학원에서 구비문학을 전공하고 문학박사 학위를 받았습니다. 현재 고려대학교 문과대학 국어국문학과 부교수로 판소리를 비롯한 우리 문학을 계승 발전시키기 위해 노력하고 있습니다. 쓴 책으로 〈적벽가 연구〉, 〈수궁가 연구〉, 〈강도근 5가 전집〉, 〈한국의 판소리 문화〉, 〈한국 구비문학의 이해〉(공저) 등이 있습니다.

추천 감수_ 김병규
대구교육대학을 졸업하고 한국일보 신춘문예에 동화가, 중앙일보 신춘문예에 희곡이 당선되면서 작품 활동을 시작했습니다. 대한민국문학상, 소천아동문학상, 해강아동문학상 등을 수상했으며, 현재 소년한국일보 편집국장으로 재직 중입니다. 쓴 책으로 〈나무는 왜 겨울에 옷을 벗는가〉, 〈푸렁별에서 온 손님〉, 〈그림 속의 파란 단추〉 등이 있습니다.

추천 감수_ 배익천
경북 영양에서 태어났습니다. 1974년 한국일보 신춘문예에 동화가 당선되었고, 〈마음을 찍는 발자국〉, 〈눈사람의 휘파람〉, 〈냉이꽃〉, 〈은빛 날개의 가슴〉 등의 동화집을 펴냈습니다. 한국아동문학상, 대한민국문학상, 세종아동문학상 등을 받았으며, 현재 부산 MBC에서 발행하는 〈어린이문예〉 편집주간으로 일하고 있습니다.

글_ 강이경
어린이책에 관심이 많아 '어린이책 작가교실'에서 글쓰기를 배우며 틈틈이 글을 썼습니다. 2006년 동아일보 신춘문예에 동화가 당선되어 문단에 나왔습니다. 쓴 책으로 〈성자가 된 옥탑방 의사〉, 〈착한 어린이 강도영〉 등이 있습니다.

그림_ 김광배
서울교육대학교를 졸업하고, 교과서와 신문에 삽화를 그렸습니다. 국제미술교류전과 IPC88 국제전, 조선 500년 역사화전, 한국동화그림 초대전에 출품하였으며, 여러 번의 개인전을 열었습니다. 그린 책으로 〈홍길동전〉, 〈단군 신화〉, 〈구운몽〉, 〈이상한 청진기〉 등이 있습니다.

말랑말랑 우리전래동화

03 지혜와 재치

빰 맞은 사또

발 행 인 박희철
발 행 처 한국헤밍웨이
출판등록 제406-2013-000056호
주   소 경기도 성남시 분당구 금곡동 444-148
대표전화 031-715-7722
팩   스 031-786-1100
편   집 이영혜, 이승희, 최부옥, 김지균, 송정호
디 자 인 조수진, 우지영, 성지현, 선우소연
사진제공 이미지클릭, 연합포토, 중앙포토

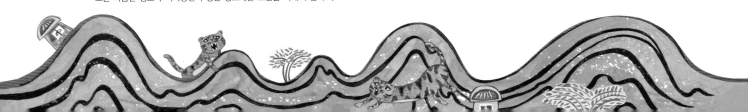

뺨 맞은 사또

글 강이경 그림 김광배

한국헤밍웨이

옛날 어느 고을에 마음씨 고약한 사또가 살았어.
사또는 고을 사람들이 티끌만 한 잘못을 저질러도
닥치는 대로 잡아다가 *옥에 가두어 버렸지.
"저놈을 당장 옥에 가두어라!"
"저놈도 당장 옥에 가두어라!"
사또는 심지어 없는 잘못도 만들어 벌을 내렸어.
고을 사람들은 무서워서 하나둘 고을을 떠났지.

*옥 : 죄인을 가두어 두는 '감옥'을 말해요.

7

고을 사람들만 살기 힘든 게 아니었어.
사또 곁에서 일하는 관리들은 더 괴로웠지.
툭하면 뺨을 때리질 않나, 걸핏하면 발로 걷어차질 않나.

하루는 사또가 *이방의 뺨을 철썩 때리며 소리쳤어.
"시키면 시키는 대로 하지 웬 말이 그리 많아?"
이방은 하도 기가 막혀서 화가 머리끝까지 치밀었지.
'에잇, 더 이상은 못 참겠군! 어디 두고 보자!'

*이방 : 사또 밑에서 실무를 맡아보던 관리를 말해요.

9

이방은 사또 몰래 *아전들을 슬쩍 불렀어.
그리고는 사또를 골탕 먹일 기막힌 방법을
차근차근 이야기했지.
"하하, 왜 지금껏 그런 생각을 못 했는지……."
"히히, 생각만 해도 속이 후련합니다요."
"그것참 재밌는 구경거리가 되겠습니다."
아전들은 모두 껄껄 웃으며 좋아했지.

*아전 : 옛날에 벼슬아치 밑에서 일을 보던 사람을 말해요.

다음 날 오후가 되었어.

사또는 혼자 *동헌 마루에 앉아 책을 읽고 있었지.

그런데 바로 그때였어.

심부름꾼 아이 하나가 주위를 둘레둘레 살피더니

동헌 마루 위로 성큼 올라서는 거야.

그러고는 사또의 **뺨**을 찰싹 때리는 게 아니겠어?

*동헌 : 고을 사또가 나랏일을 보던 중심 건물을 말해요.

"아… 아니, 이… 이놈이……."
사또는 화들짝 놀라 입이 떡 벌어졌어.
그런데 그 순간, 심부름꾼 아이가 사또의 뺨을
또 한 번 철썩 때리지 뭐야.
"여봐라, 게 아무도 없느냐? 아무도 없어?"
사또는 펄쩍펄쩍 뛰면서 고래고래 고함을 질렀지.

"사또, 무슨 일이십니까?"
"부르셨습니까, 사또?"
이방과 아전들이 부랴부랴 사또 앞으로 달려왔어.
심부름꾼 아이는 아무 일도 없었다는 듯이
*시치미를 뚝 떼고 서 있었지.

*시치미 : 자기가 하고도 아니한 체, 알고도 모르는 체하는 태도를 말해요.

14

사또는 심부름꾼 아이를 가리키며 소리쳤어.
"저놈이 내 **뺨**을 때렸다! 당장 옥에 가두어라!"
이방은 깜짝 놀라는 시늉을 하며 대답했지.
"사또, 무슨 말씀을 그리하십니까?
심부름꾼 아이가 어찌 감히 사또의 뺨을 때린단 말입니까!"

저 놈을
옥에 가두어라!

사또는 얼굴이 새파래진 채 펄쩍펄쩍 뛰었어.
"그럼 내가 지금 거짓말을 한단 말이냐?
저놈이 진짜 내 뺨을 때렸다니까!"
심부름꾼 아이는 사또가 펄쩍펄쩍 뛰든 말든
두 눈만 껌뻑껌뻑하고 있었지.

그사이 다른 심부름꾼 하나가
사또의 식구들에게 후닥닥 달려갔어.
"마님, 큰일 났습니다.
사또께서 큰 병이 나신 듯합니다."
"대체 그게 무슨 소리냐?
사또께서 큰 병이 나다니?"
"아무래도 정신이 나가신 것 같습니다."
"뭐… 뭐라고?"
마님과 식구들은 놀라서 버선발로 달려갔어.

19

가 보니 거짓말이 아니야.

얼굴이 시뻘게진 사또가 책상을 뒤엎어 놓고,

버럭버럭 소리를 지르며 날뛰고 있지 뭐야.

사또는 부인을 보자마자 반가운 표정으로 말했어.

"마침 잘 왔소, 부인! 저놈이 내 뺨을 때렸는데

아무도 안 믿지 뭐요!"

"말도 안 됩니다. 심부름꾼 아이가 어찌 감히 뺨을?"

21

사또는 부인의 말에 더 화가 나서 날뛰었어.
보다 못한 아들이 사또 다리를 꽉 붙들었지.
"아버지, 제발 정신 좀 차리십시오!"
사또는 아들의 궁둥이를 냅다 걷어찼어.
"이놈아, 너까지 날 미쳤다고 생각하는 것이냐?"
바닥에 나동그라진 아들은 아전들에게 소리쳤어.
"어서 아버지를 붙잡으시오!"

소문은 금세 온 고을에 쫙 퍼졌어.

"사또가 제정신이 아니라면서요?"

"그렇다네. 심부름꾼 아이가 자기 뺨을 때렸다면서
당장 옥에 가두라고 펄펄 날뛴다지 뭐야!"

"동네 사람을 몽땅 죄인 만드는 건 아닌지 모르겠어요."

마침 고을을 지나던 *감사가 소문을 듣고 사또를 찾아갔지.

*감사 : 조선 시대에 둔, 각 도의 으뜸 벼슬을 말해요.

25

"사또! 심부름꾼 아이가 정말 뺨을 때렸단 말이오?"

"네, 대감! 정말 때렸사옵니다."

"내 살다 살다 그런 말은 처음 듣소이다.
소문대로 병이 무척 심한 것 같구려.
고향으로 돌아가 병부터 고치도록 하시오."

그러자 사또가 눈물을 뚝뚝 흘리며 말했어.

"대감, 정말 억울하옵니다."

하지만 감사는 고개를 절레절레 저었지.

결국 사또와 가족들은 고향으로 돌아가게 되었어.

사또 일행이 어느 고을에서 하룻밤 묵어갈 때였어.
때마침 그곳에 감사가 머물고 있지 뭐야.
사또는 이때다 싶어 얼른 감사에게 가서 말했지.
"대감, 진짜 믿기 어려우시겠지만,
심부름꾼 아이놈이 참말로 제 뺨을 때렸습니다."

그러자 감사가 껄껄 웃으며 이렇게 말하는 거야.
"허허, 사또의 병이 이리 깊으니 큰일입니다그려.
병이 빨리 낫도록 그저 좋은 생각만 하시구려."
그러고는 방 문을 꽝 닫아 버렸어.
사또는 터벅터벅 고향으로 돌아갈 수밖에 없었지.

고향으로 돌아온 사또는 자리에 눕고 말았어.

더는 뺨 맞은 이야기를 할 수도 없었지.

어쩌다 누군가에게 그 이야기를 했다가는

의원이 부리나케 달려와 약을 짓네, 침을 놓네 하며

*야단법석이었으니까.

"제발 아무 생각 마시고, 잘 드시고 푹 주무십시오."

'화가 나서 물도 안 넘어가는데 잘 먹고 푹 자라고?'

사또는 뺨 맞은 일만 생각하면 자다가도 벌떡 일어났어.

*야단법석 : 많은 사람이 모여들어 떠들썩하고 어수선하다는 말이에요.

어느덧 세월은 흘러 사또가 세상을 떠날 때가 되었어.
사또는 마지막으로 자식들을 불러 말했지.
"애들아, 죽기 전에 너희들에게 꼭 할 말이 있다.
오래전에 내 뺨을 때린 심부름꾼 아이놈 말이다.
그때 그놈이 정말로 내 뺨을 때렸단다. 정말로!"

그 말을 듣고 자식들은 큰 소리로 엉엉 울었어.
"아이고아이고, 가엾은 우리 아버지.
그놈의 몹쓸 병으로 끝까지 고생하시네."
사또의 눈에는 눈물이 그렁그렁 고였어.
사또는 그렇게 숨을 거두고 말았단다.

뺨맞은 사또 작품해설

〈뺨 맞은 사또〉는 아랫사람들을 괴롭히는 벼슬아치를 은근히 꼬집고 놀리기 위해 만들어진 이야기예요. 이처럼 세상의 잘못된 것을 한바탕 웃음이 있는 이야기로 알려 주고 은근히 꼬집는 것을 '풍자'라고 하지요.

욕심쟁이들을 속 시원히 놀려 주고, 고약한 양반들을 비웃기 위해 만들어진 〈황새의 재판〉이나 〈당나귀 알〉 등도 모두 '풍자'가 있는 이야기예요.

옛날 어느 고을에 마음씨 고약한 사또가 살았어요. 사또는 툭하면 백성과 관리들을 괴롭혔지요. 참다 못한 이방은 사또를 골탕 먹일 꾀를 생각해 냅니다. 바로 심부름꾼 아이에게 사또의 뺨을 때리게 하는 것이었지요. 한낱 심부름꾼 아이가 사또의 뺨을 때렸다는 말을 아무도 믿지 않을 테니까요.

이방의 생각대로 뺨을 맞은 사또는 길길이 날뛰며 진실을 말해 보지만, 아무도 그 말을 믿지 않았어요. 가족까지도 사또가 억지를 부린다고 생각할 뿐이었지요.

심지어 그 소문을 듣게 된 감사는 사또에게 고향으로 내려가 병부터 다스리라고 합니다. 결국 사또는 죽을 때까지 진실을 밝히지 못한 채 숨을 거두고 말지요.

〈뺨 맞은 사또〉가 은근히 꼬집고 있는 것은 누구도 믿어 주지 않는 진실에 대한 억울함이에요. 요즘도 그렇지만 특히 옛날에는 가난하고 힘없는 백성들이 억울한 일을 당할 때가 많았지요. 아무리 이야기를 해도 힘 있는 사람, 가진 사람들에 의해 진실은 묻혀 버리기 일쑤였던 것이지요.

〈뺨 맞은 사또〉 이야기를 통해 분한 마음, 화나고 슬픈 마음을 한바탕 웃음으로 풀어 버리려 했던 조상들의 지혜를 깨달을 수 있어요. 또한 힘 있는 위치에 있을수록 더욱 겸손해야 한다는 것도 배울 수 있어요.

꼭 알아야 할 작품 속 우리 문화

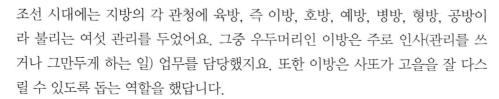

이방

조선 시대에는 지방의 각 관청에 육방, 즉 이방, 호방, 예방, 병방, 형방, 공방이라 불리는 여섯 관리를 두었어요. 그중 우두머리인 이방은 주로 인사(관리를 쓰거나 그만두게 하는 일) 업무를 담당했지요. 또한 이방은 사또가 고을을 잘 다스릴 수 있도록 돕는 역할을 했답니다.

동헌

동헌이란 각 지방의 수령인 사또가 마을을 다스리는 일을 보던 중심 건물을 말해요. 동헌은 보통 외아와 내아로 이루어져 있어요. 외아는 사또와 관리들이 일을 하는 곳이고, 내아는 사또의 가족들이 생활하는 곳이랍니다.

시치미

우리 조상들은 길들인 매로 꿩이나 새를 많이 잡았어요. 그러다 보니 매를 도둑맞는 일도 많았지요. 그래서 매의 꽁지에 이름표를 달아 두었는데, 이 이름표를 '시치미'라고 해요. 그런데 이 시치미를 떼고 슬쩍 매를 가로채는 사람들도 있었대요. 시치미를 떼어 버리면 누구의 매인지 알 수 없으니까요. 그래서 알고도 모르는 체할 때 시치미 뗀다고 한답니다.

조상의 지혜를 배우는 속담 여행

〈뺨 맞은 사또〉에서 사또는 심부름꾼 아이에게 뺨을 얻어맞고 너무 기가 막혔어요. 그래서 그 사실을 주위 사람들에게 말했는데 어느 누구도 믿어 주질 않았지요. 여기에서 배울 수 있는 속담을 알아보아요.

콩으로 메주를 쑨다 해도 곧이듣지 않는다

아무리 사실대로 말해도 믿지 않는 것을 비유적으로 이르는 말이에요.

전래 동화로 미리 배우는 교과서

 여러분이 이방이었다면 사또를 어떻게 골려 주었을까요?

🐟 사또가 아무리 사실을 말해도 사람들은 믿어 주지 않았어요. 평상시 사또의 못된 행동 때문이었지요. 평상시의 행동이 왜 중요할까요?

📖 이솝 우화 '양치기 소년'을 읽어 보고 줄거리를 간략히 써 보세요. 그리고 평상시의 행동이 왜 중요한지 다시 한 번 생각해 보세요.

💛 1~2학년군 국어 ④-가 3. 마음을 담아서 74~75쪽